Clemencia

Ignacio Manuel Altamirano

SELECTOR®
ACTUALIDAD EDITORIAL

Doctor Erazo 120, Col. Doctores, C.P. 06720, México, D.F.
Tel. (01 55) 51 34 05 70 • Fax (01 55) 51 34 05 91
Lada sin costo: 01 800 821 72 80

Título: CLEMENCIA
Autor: Ignacio Manuel Altamirano
Adaptadora: Gina Cárdenas
Colección: Clásicos juveniles

Diseño de portada: Socorro Ramírez Gutiérrez
Ilustraciones interiores y de portada: Alma Julieta Núñez Cruz

D.R. © Selector, S.A. de C.V., 2015
Doctor Erazo 120, Col. Doctores,
Del. Cuauhtémoc,
C.P. 06720, México, D.F.

ISBN: 978-607-453-241-8

Primera edición: marzo 2015

Sistema de clasificación Melvil Dewey	
868 A19 2015	Altamirano, Ignacio Manuel, 1834-1893 *Clemencia* / Ignacio Manuel Altamirano. Adaptación: Gina Cárdenas; Ciudad de México, México: Selector, 2015 96 pp. ISBN: 978-607-453-241-8 1. Literatura universal. 2. Literatura infantil y juvenil. 3. Novela.

Consulta nuestro aviso de privacidad en www.selector.com.mx

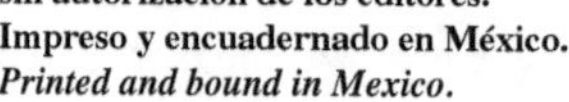

Índice

Personajes

(Por orden de aparición)

Doctor L. Amante de la literatura y el arte, buen anfitrión y amable. Es un joven de 30 años, soltero, que ha servido en el Cuerpo médico-militar. Es un hombre de mundo, lleno de sentimientos y de nobles ideas.

Comandante Enrique Flores. Gallardo, buen mozo, de maneras distinguidas y simpático. Sabe tocar el piano maravillosamente y tiene suerte con las mujeres, a quienes sabe tratar muy bien. Posee grandes ojos azules, bigote rubio; es hercúleo y con fama de valiente.

Comandante Fernando Valle. De cuerpo raquítico y endeble, moreno y con apariencia enfermiza. Taciturno, distraído, metódico, sumiso con sus superiores. Sobrio, con mal humor y aversión a los vicios, antipático para sus compañeros. Tímido con las mujeres.

Tía Mariana. Mujer de 40 años, que aún conserva la belleza que tuvo en su juventud.

Isabel. Rubia, de grandes ojos azules, tez blanca y sonrosada, alta y esbelta. Inocente, cándida y romántica.

Clemencia. De ojos negros y lánguidos, hermosa, morena y pálida. Altiva y acostumbrada a hacer su voluntad. Consentida por sus padres. Inteligente. Ama lo bello y a los hombres que son capaces de hacer grandes sacrificios y lo que ella considera obras más allá de lo humano. Hija única de familia acomodada.

Padre de Clemencia. Anciano respetable y vigoroso, de gran fortuna y talento. Patriótico y adorador de su hija.

Madre de Clemencia. Hermosa y amable mujer.

Cronología

1834. Nace Ignacio Manuel Altamirano en Tixtla, Guerrero.

1836. El parlamento español reconoce la independencia de las colonias americanas, excepto Cuba y Puerto Rico.

1838. Inicia la Guerra de los pasteles. Conflicto causado por las reclamaciones de un pastelero francés avecindado en México en contra del gobierno mexicano.

1840. Las conjeturas acerca de la energía del sol abren el camino para lo que será más adelante el descubrimiento de la energía atómica.

1844. Se transmite el primer mensaje en clave morse.

1847. El astrónomo Johann Gottfried Galle ubica la posición de Neptuno desde el observatorio de Berlín.

1850. La población mundial alcanza los 1,200 millones de habitantes. La expectativa de vida promedio alcanza los 35 años para la mayoría de la población.

1860. Charles Darwin publica su obra *El origen de las especies*.

1862. Francia entra en guerra contra México. Maximiliano, archiduque de Austria, es designado emperador.

1869. El químico ruso Dimitri Mendeleiev confecciona la tabla periódica de elementos, los cuales agrupa de acuerdo con sus propiedades químicas.

1876. Graham Bell inventa y patenta el teléfono.

1879. Thomas Alva Edison fabrica una lámpara con filamento de carbón, la cual dura encendida 40 horas consecutivas. Por primera vez, la luz eléctrica se convierte en realidad.

1885. El arqueólogo Edward Thompson descubre los vestigios arqueológicos de Chichen Itzá.

1891. El alemán O. Lilienthal se convierte en el primer hombre en volar con un avión planeador.

1893. Muere Ignacio Manuel Altamirano en San Remo, Italia.

1
Dos citas de los cuentos de Hoffmann

Una noche de diciembre, varios amigos del doctor L tomábamos el té en una pieza agradable de su linda aunque modesta casa. El doctor, al ir a asomarse a una ventana, nos dijo:

—Caballeros, sigue lloviendo y creo que cae nieve. La pasaremos entretenidos charlando, que para eso es el invierno. Vengan a mi gabinete y ahí verán buenos libros y algunos objetos de arte.

Aceptamos y lo seguimos adonde nos condujo.

El doctor L, guapo joven de 30 años y soltero, ha servido en el Cuerpo médico-militar, donde tiene prestigio, pero también gusta de la literatura. No le agrada escribir; sin embargo, estimula a sus amigos y sabemos que, de ser rico, la juventud contaría con un mecenas. Es un filántropo y todos nosotros apreciamos su amistad como un tesoro.

El doctor le pidió a su criado una ponchera y lo necesario para preparar una bebida que, en noche semejante, necesitábamos. Mientras, nosotros examinábamos todo lo que había en la habitación.

Con una lámpara en la mano pasábamos revista a los grabados de las paredes cuando, de repente, descubrimos, en un cuadro pequeño, lo que resultó ser un papel blanco con algunos renglones que procuramos descifrar. Con ayuda de la luz leímos:

"Ningún ser puede amarme, porque nada hay en mí de simpático ni de dulce".

Hoffmann, *El corazón de Ágata.*

"Ahora que es ya muy tarde para volver al pasado, pidamos a Dios para nosotros la paciencia y el reposo..." Hoffmann, *La cadena de los destinados.*

—Doctor —le dijimos—, ¿es indiscreto preguntar qué significa este papel con las citas de los cuentos de Hoffmann?

—Ah, amigo mío, ¿ya descubrió usted eso? No hay indiscreción en la pregunta. Ese papel representa una historia de amor y desgracia, que puedo contarles mientras saborean mi famoso ponche de Kirsch.

—Sí, doctor, venga la historia con el ponche.

Y el doctor, después de servirnos, comenzó la narración.

2
Diciembre de 1863

Estábamos a finales de 1863, año en el que el ejército francés ocupó México y se fue extendiendo poco a poco. Comenzó en los estados centrales de la República, que ocupó sin quemar un solo cartucho. Sabíamos que si hubiéramos presentado batalla habría sido para nosotros un nuevo desastre.

Las legiones francesas y sus aliados mexicanos avanzaban sobre las poblaciones que, muchas veces, por miedo, las recibían con arcos triunfales. Nuestros enemigos marchaban guiados por las columnas de polvo de nuestro ejército que se replegaba ante ellos. Así, se apoderaron del interior: Toluca, Querétaro, Morelia, Guadalajara y San Luis Potosí.

El general Comonfort había sido asesinado y el general Uraga quedó al mando de nuestras tropas. Él determinó evacuar las plazas que ocupaba, seguramente con la idea de caer sobre cualquiera que hubiera ocupado el enemigo. Le ordenó al general Berriozábal, gobernador de Michoacán, que saliera de Morelia y se retirara a Uruapan para reunirse con él después.

Los franceses se apoderaron de Querétaro y Morelia. Uraga encabezó la partida hacia La Piedad, Michoacán. Doblado evacuó Guanajuato y se fue a Lagos y Zacatecas. El gobierno nacional se retiró a San Luis Potosí y luego a Saltillo.

En pocos días el invasor se extendió por el corazón del país sin hallar resistencia. Sólo faltaba Zacatecas y Guadalajara, lo que se hizo más tarde. Todo el círculo conquistado quedó libre cuando Uraga, al ser rechazado de la plaza de Morelia, se fue al sur de Jalisco. El general Arteaga evacuó también y se fue a Sayula. Bazaine, general francés, ocupó Guadalajara.

Cuando nuestro ejército se fue a La Piedad, me encontraba enfermo y sin colocación en el Cuerpo médico-militar. Así, conseguí licencia para ir a Guadalajara. Me fui con un pequeño cuerpo de caballería que escoltaba vestuario y armamento. Marchamos contrariados por no poder asistir a las funciones de armas que, sabíamos, se avecinaban.

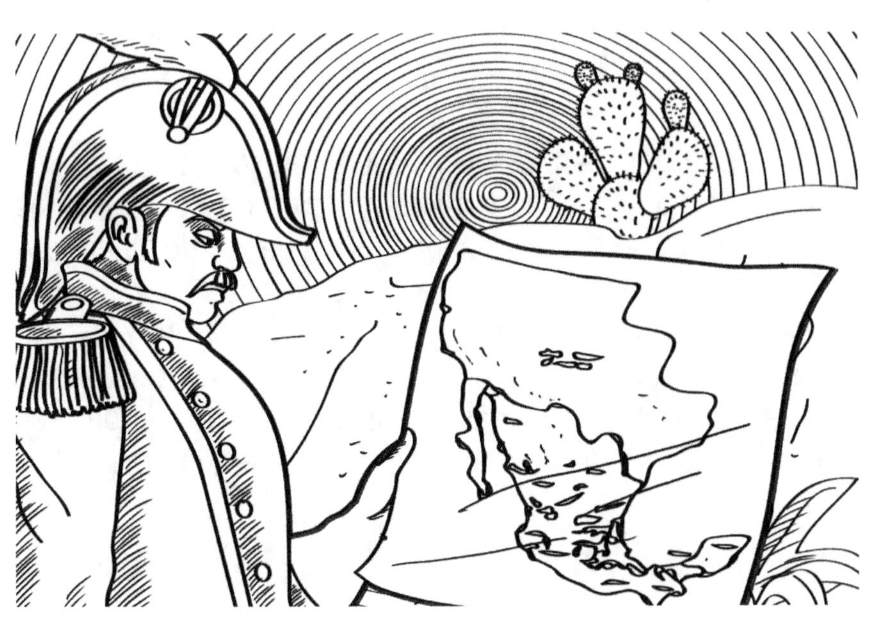

3
El comandante Enrique Flores

Mandaba uno de los escuadrones un oficial llamado Enrique Flores, de magnífica posición, gallardo, buen mozo, distinguido y además simpático. Era, a los ojos de quienes lo miraban, un hombre irresistible y grato. Era idolatrado por sus soldados y el favorito de su jefe, por lo que se entreveía en su futuro un honroso ascenso. Quizá a general.

Él, gracias a sus cualidades, encontraba momentos para galantear a las mujeres, quienes no se le resistían. Cada vez que se tocaba la botasilla para prepararse a salir, Enrique tenía que escribir un billete de despedida, el cual llevaba a cambio un pañuelo húmedo de lágrimas u otro recuerdo. ¡Qué dicha de hombre!

Gastador, garboso, alegre, burlón, de ojos azules y bigote rubio, tenía todas las virtudes y defectos que aman las mujeres. Por eso las muchachas más guapas de Querétaro y Guadalajara se morían por bailar con él, gustaban de apoyarse en su brazo y saboreaban su conversación.

Asimismo, como era jugador y ganaba mucho, siempre tenía en su bolsillo algunas onzas de oro y no esquivaba jamás la ocasión de prestar un servicio a algún amigo. Por

ello era también admirado por su generosidad. Tal era el comandante Enrique Flores.

4
El comandante Fernando Valle

En el mando del segundo escuadrón había un joven comandante llamado Fernando Valle, que era lo contrario de Flores.

Siempre estaba taciturno, hundido en profundas cavilaciones, distraído, metódico. Aunque de apariencia humilde, y sumiso con sus superiores, lo traicionaba un pliegue altanero en los labios. Tenía aspecto repugnante y era antipático para todo el mundo.

Sus jefes lo toleraban por el arrojo que mostraba en batalla, parecía que quisiera ascender rápido o terminar con algún dolor secreto de su corazón. Siendo así, había ascendido de soldado raso a cabo, luego a sargento, a subteniente, después a teniente y por último a capitán. Como tal tomó parte en la defensa de la plaza de Puebla; pudo evadirse de caer prisionero y fue ascendido a comandante, donde se le destinó a servir en el cuerpo de caballería.

Aunque se le citaba como el oficial más inteligente y más capaz, sus compañeros le tenían un odio reconcentrado y mortal. Lo consideraban no un patriota, sino alguien que quiere ascender a costa de lo que sea: un malvado encubierto. Más de una vez, Valle tuvo que sufrir los sangrientos sarcasmos de todos, palideciendo de rabia.

Cuando algún oficial enfermaba, todos corrían a prodigarle cuidados; sin embargo, si era Valle el del apuro, nadie le hacía caso. El orgulloso comandante tenía que preparar sus hilas con una sola mano y tomar sus tisanas y beber agua con infinito trabajo. Ni siquiera aceptaba la ayuda de un viejo soldado que le servía, que tampoco le quería bien. ¡Hasta nosotros los médicos repugnábamos acercarnos a él!

El día de la salida de Querétaro, pedimos una camilla para él, pero en el ajetreo, nadie se acordó de ella; no obstante, al poco rato, en la columna del camino y en marcha, lo vimos a la cabeza de su escuadrón. Sereno, callado, cejijunto y llevando el brazo envuelto y colgado del cuello.

—¿Será un héroe futuro? —nos preguntamos. Pero se habló de que tenía más aspecto de traidor que de héroe. Así sanó, sin necesidad de más asistencia.

5
Llegada a Guadalajara

Como se podrán imaginar, el comandante Valle no tenía aventuras de amor, por lo menos como las de Flores. No frecuentaba mujeres porque sabía que les era antipático.

Vestía siempre con su uniforme cuidadosamente aseado, pero sin lujo. Cuando asistía a un baile, obligado por el coronel, se mantenía en un rincón y desaparecía al poco tiempo.

Ni una cualidad tenía el comandante: era un pobre diablo, seco, fastidioso, repulsivo...

Sin embargo, al día siguiente de llegar a Guadalajara, lo vimos distinto. Se peinó, se arregló con esmero y salió del cuartel, rumbo a una de las calles centrales. En la tarde llegó muy contento, llevando en la mano un ramillete de heliotropos.

A la pregunta de uno de los soldados, respondió que su alegría se debía a que había visto a una de sus primas, a quien además describió como muy linda. Por supuesto, esta conversación llamó la atención de Flores.

—¿Así que tiene usted primas guapas? Yo creía que no tenía parientes en el mundo?

—Sí los tengo, y en posición que usted no sospecha, sólo que yo los detesto a casi todos.

—¿También a la prima?

—No, no tengo motivo. La conozco apenas y a primera vista me parece una excelente criatura.

—¡A primera vista! ¡Está usted enamorado! ¡Mal negocio, compañero, mal negocio! Los empedernidos como usted no paran hasta caer en el abismo.

Valle sólo se encogió de hombros.

—Pues conoceremos a la primita, por supuesto —añadió Flores—, si no le parece mal. Ya sé que es una gracia de los taciturnos y castos, volverse celosos como árabes.

—No hay inconveniente. Usted la conocerá, si ella lo permite. Es una joven amable y educada que estará encantada de conocer a mis camaradas.

—Muy bien —concluyó Flores—, usted dirá qué día será la presentación. Espero que sea pronto, porque es preciso comenzar a hacer conocimientos en esta ciudad, que es un nido de ángeles.

Flores se retiró dando un golpecito en el hombro de Valle. Todos los demás hicimos lo mismo, diciendo: —¡Pobre primita, con Enrique!

Valle no parecía querer a nadie en el cuerpo más que a Flores. Quizá se debía al carácter simpático de éste o a que por miras secundarias esto le conviniese, el hecho es que manifestaba una sincera atención hacia el comandante. Así, si bien no podríamos decir que era una relación amistosa, por lo menos no era una relación de odio. Por eso prometió Valle a Flores llevarlo a casa de su prima.

6
Guadalajara de lejos

En esos días, Guadalajara estaba llena de animación. Me parece conveniente describirla.

Es la reina de Occidente, por su belleza, por su situación topográfica, por su antigua importancia en el reino de los virreyes. Esto y el hecho de ser el centro agrícola y comercial de los estados circunvecinos, además de haber representado siempre un papel importantísimo en nuestras guerras civiles, dan a Guadalajara un interés que inspira a quien la visita por primera vez.

Está defendida naturalmente por el caudaloso río de Santiago que después va a formar el lago de Chapala y desemboca en el océano Pacífico. Por el Occidente se alza gigantesca una cadena de montañas; es la Sierra Madre que atraviesa serpenteando el estado de Jalisco.

La vista no puede menos de quedar encantada al ver brotar la visión mágica de la ciudad con sus blancas torres y cúpulas y sus elegantes edificios.

Sin embargo, observo que no se advierte al aproximarse a ella movimiento ni animación. No hay carros, caminantes ni rebaños. Apenas atraviesa uno que otro jinete. El silencio rodea por todas partes a la más alegre y bulliciosa ciudad. De pronto, una oleada de brisa fresca anuncia que hemos llegado por fin al oasis. San Pedro, pueblecito por el que se entra a Guadalajara, anuncia con sus lindas casas de campo y bien cultivados jardines, que hemos dejado atrás el desierto.

Perdonen ustedes mi afición a describir esta tierra a la que me siento tan unido. No me juzguen mientras ello sirva para describir las bellezas de la patria.

7
Guadalajara de cerca

La pequeña distancia que hay entre San Pedro y Guadalajara se atraviesa por una calzada de hermosos fresnos. Pareciese con este paisaje que una mujer amable y buena le abre a uno los brazos y le estrecha contra su corazón.

Conozco muchas ciudades que me han repelido, me ha dado jaqueca mientras he permanecido en ellas; pero Guadalajara ha despertado mi pasión. En cada habitante me pareció ver a un amigo íntimo. Así es esta ciudad, apenas llega un mexicano cuando varias personas le rodean con afecto, le invitan a casa y le brindan su hospitalidad. Las mujeres se presentan francas y risueñas, pues saben que no es preciso mostrarse mojigatas para ser virtuosas.

Ya que hablamos de las mujeres, ellas no sólo son hermosas, sino divinas. Tienen, además de los encantos físicos que el cielo les dio, la cualidad del corazón. Saben amar bien, con ternura, con lealtad, sin interés, con la virtud de un sentimiento tan exaltado como puro.

A pesar de que nuestro pueblo va contagiándose con las costumbres extranjeras y el culto al sentimiento disminuye, en Guadalajara el amor tiene todavía un santuario y adoradores fieles. Habrá excepciones, pero la mayoría de las mujeres permanece fiel a las leyes del corazón. Esto puede

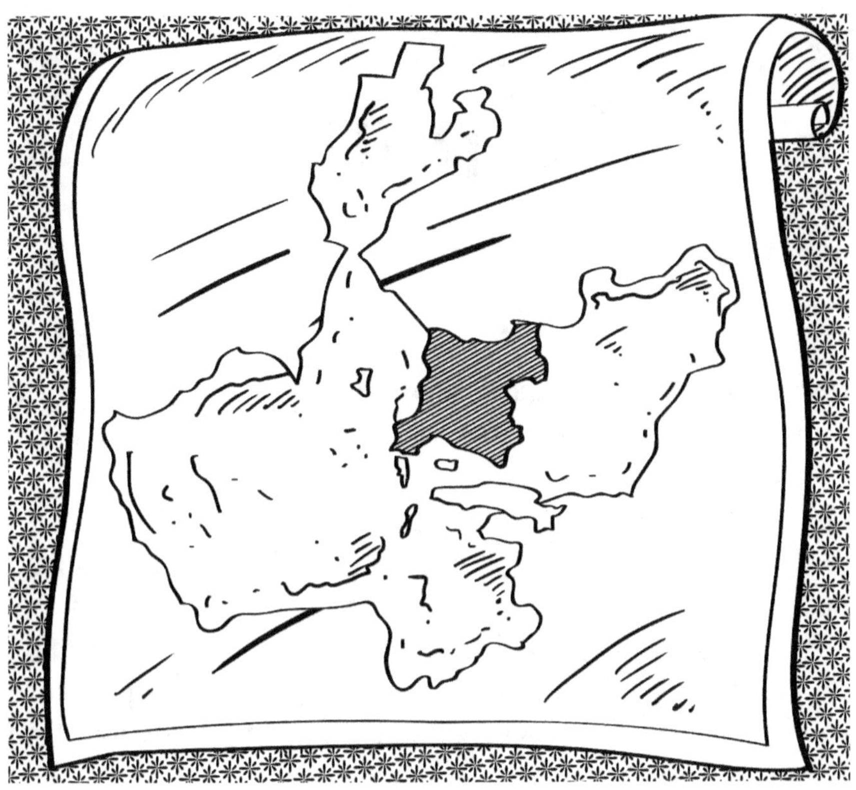

decirse de todo el estado de Jalisco: una tierra pródiga en bellezas físicas y morales. Nadie ignora, asimismo, lo que ha pesado esta hermosa tierra en los destinos de la patria.

8
La prima

Cuando llegamos, Guadalajara estaba bajo la alegría aturdidora, pues era una ciudad que no tenía duda de la suerte que le esperaba y deseaba ahogar en la fiesta sus inquietudes y su desesperación. Sabían que caerían en las garras del extranjero y procuraban gozar sus últimos instantes.

El general Arteaga, gobernador de Jalisco, había reunido numerosas tropas de disciplina para hacer frente a las tropas invasoras. Nuestra llegada aumentó la alegría; éramos gente joven y amante de la diversión, aun en vísperas de morir. Los oficiales eran todos bien educados, elegantes y amables.

El único distinto era Valle, porque no era comunicativo ni galante y menos gustaba de la francachela. Parecía que le hacía un reproche constante al coronel, que solía relajar la disciplina.

Valle había prometido a Flores llevarlo a conocer a su prima. Flores no perdió tiempo en recordárselo. Al día siguiente, los dos jóvenes fueron a la plaza, donde vieron bellezas, pero ninguna en particular. Lo que más llamó su atención fue el atrio de la catedral.

Ambos oficiales entraron a la iglesia cuando la misa concluía. Valle miraba la arquitectura del templo y de las obras ahí expuestas; Flores admiraba la belleza de las encantadoras hijas de Guadalajara.

Deje de contemplar santos como un bobo y mire los primores que hay aquí. ¡Qué muchachas tan deliciosas tiene Guadalajara! —dijo Flores.

Valle quedó asombrado. Había un centenar de mujeres hermosísimas, como las que sueñan los poetas.

Los oficiales se situaron en la puerta principal para ver salir a todas aquellas bellezas. Todas ellas se fijaban en los dos jóvenes; especialmente en Flores, que tenía ese imán irresistible para las mujeres. De repente, se acercaron dos muchachas con la majestuosidad de dos reinas. Una con el rostro cubierto y la otra, rubia y de ojos azules. La rubia saludó a Valle con una sonrisa y éste se ruborizó. Ambas se detuvieron un instante fascinadas por la mirada audaz de Flores, que estaba acostumbrado a ejercer su influencia de ese modo.

Después de ello, las dos jóvenes salieron precipitadamente. Valle sólo pudo decir:

—¡Mi prima!

A lo que Flores respondió:

—¡Deliciosa!

La rubia volteó a ver a Flores de nuevo.

—Entiendo —dijo Flores a Valle— que seguirá usted a su prima y que me permitirá acompañarle.

—No sé si vaya a su casa y si pueda recibirnos.

—Estoy seguro de que una mujer linda y de buen sentido tendrá mucho placer en recibir a dos muchachos de México como nosotros.

Y así, siguieron a las dos jóvenes hasta una casita linda y alegre como jaula de canarios. Allí, después de volver el rostro para cerciorarse de que aún las seguían, entraron y se dirigieron a la sala de recibir.

9
La presentación

Las dos jóvenes atravesaron el umbral de la puerta, el patio y penetraron en el corredor. Después, se detuvieron en la puerta de la antesala.

La rubia, llamada Isabel, los invitó a pasar y los introdujo en un pequeño salón, donde se encontraba una señora de alrededor de 40 años. La joven que antes se cubría con un velo ahora mostraba su hermoso rostro. Ambos oficiales quedaron deslumbrados. Su nombre, Clemencia.

Se hicieron las presentaciones. A Valle se le oprimió el corazón al cruzar su mirada con la de Clemencia. Fue como si algo presintiera o quizá, poco acostumbrado al trato femenino, se turbó y se sintió confuso. Con una mezcla de miedo y dolor.

—¿Se siente mal, hijo mío —le preguntó su tía.

—No, tía, no tengo nada.

—Está usted muy pálido.

—Fernando tiene una apariencia enfermiza —dijo Flores—, pero su salud es muy buena. Quizá lo agite el clima o la timidez de su carácter.

—¿Tímido? —dijo la señora—, pues es una excepción. Su padre y sus hermanos son la personificación de la alegría y la franqueza. Por cierto, cuando he ido a visitarlos nunca le he visto, hijo. Siempre me decían que estaba usted ausente.

—Tía, desde muy pequeño me alejé de mi familia para estudiar y después entré en el ejército. No he vivido bajo el techo paterno.

—¡Qué triste es eso! Todos sus hermanos estaban ahí, sólo usted faltaba siempre.

—Estaba yo enfermo unas veces y otras llegaba días después. Todo por motivos ajenos a mi voluntad.

La señora se dio cuenta de que esta conversación disgustaba a Valle y se volvió a hablar con Flores. Este, después de admirar a ambas jóvenes, no sabía cuál era la más hermosa. Como había de empezar por algo, se acercó a Isabel y comenzó a hablar del clima, la casa y las flores. Isabel se sentía feliz. Flores le encantaba. Ella era una de esas mujeres para quien el físico lo era todo.

En esto se parecía a Clemencia, que también creía que la belleza física denotaba belleza moral. Pero esto no quiere decir que fueran frívolas. Clemencia era conocida por su inteligencia e Isabel por su talento. Eran mujeres de corazón. Sin embargo, como toda joven, a diferencia de las viejas que anteponen lo útil a lo bello, Clemencia no dejaba de ver a Flores, que también le permitió ver el poder de sus ojos.

Valle continuó su conversación con la tía, no sin dejar de percibir la impresión que su amigo dejaba en las dos muchachas; lo que lo dejó contrariado. Isabel comenzaba a ser el ídolo de su corazón. Pero la rubia le sonreía a Flores. Era una esclava que se rinde sin combatir a su futuro señor.

Momentos después, ambos jóvenes salían de la casa. Valle, taciturno; Flores, alegre y risueño.

10
Las dos amigas

—Clemencia, ¿qué te parece mi sobrino? —preguntó la señora a la hermosa morena.

—Me parece un joven instruido y bueno, algo encogido. Quizá un poco nervioso.

—Es un muchacho raro —dijo la tía—. Cuando hemos estado en casa de su padre, en las grandes fiestas que ahí se hacen, jamás se le ha echado de menos. Tal vez se deba a que Fernando pertenece al partido liberal, mientras su padre es uno de los más notables conservadores.

—Yo debo confesarles —dijo Isabel—, que hay algo en mi primo que me causa antipatía. Nunca me equivoco, lo que me repugna resulta finalmente malo.

—Tal vez se le condena demasiado pronto —dijo Clemencia—. No es agraciado, no es simpático y parece enfermo. Y si lo comparamos con su amigo...

—¡Oh!, en cuanto a ése —dijo Isabel—, ¡qué simpático es! ¡Qué guapo! Tiene tanta gracia. Es tan fino.

—Y no hay muchos oficiales así —dijo Clemencia—, éste es un modelo de elegancia y caballerosidad. ¿Viste qué ojos tiene, Isabel?

—¡Y qué bien habla!

Clemencia se puso pensativa y le lanzó una mirada escrutadora a Isabel. Ésta se puso roja como la grana y preguntó:

—¿Y qué te ha parecido mi primo, Clemencia? ¿Te has enamorado de él?

—Sí, es encantador tu primo, por vida mía.

Isabel comprendió que tenía una rival. Y una rival terrible, pues su amiga, por sus encantos y talento, era muy peligrosa para los hombres. Quizá Isabel no estaba enamorada tan pronto, pero cuando dos beldades se encuentran se establece entre ellas una rivalidad, pues ambas procuran atraer la atención del amante en ciernes y temen verse desplazadas por su antagonista.

Ambas tenían una corte de admiradores, pero era el amor propio el que ahora actuaba. Además, encontraron ventajas en Flores respecto de sus demás pretendientes. Por ello, para ellas resultaría un gran orgullo ser adoradas por semejante hombre.

Clemencia se quedó a almorzar en casa de su amiga, pero no lo hicieron en paz. Iban a ser rivales o, mejor dicho, ya lo eran.

11
Los dos amigos

—¿Por qué viene usted tan callado, Valle? ¿Ha dejado el corazón en esa casa? —preguntó Flores a su amigo después de haber caminado un rato—. Algo le sucede y no escapa a mis ojos expertos.

—Ya sabe usted que soy tímido con las mujeres. Ayer ha pasado lo mismo. He tratado de buscar de que hablar y se me acaban las palabras. Busqué a esta familia sabiendo que son parientes de mi padre; sin embargo, mi presencia aquí ha sido un suplicio. He querido irme pero, al mismo tiempo, lo sentía mucho. La vista de mi prima me ha causado una impresión difícil de definir.

—Eso se llama amor, chico. ¿Ha estado usted enamorado alguna vez?

—Nunca. Siempre he vivido entregado a los libros. Yo no tengo las dotes que tiene usted para conquistar el corazón femenil; por ello, mi juventud se ha deslizado solitaria y triste. Le parecerá ridículo, pero mi corazón está virgen de todo amor.

—Yo, en cambio, he hecho llorar algunos hermosos ojos de esta inculta patria, donde todavía se usa el color natural y las lágrimas sinceras. Con las mujeres no hay remedio... O engañar o ser engañado. Aun amando a un hombre acaban con sus fuerzas, lo dejan desarmado, impotente.

—Yo creí que el amor era uno de los grandes objetos de la existencia; la mujer amada el apoyo poderoso para el viaje de la vida... Pero dígame, Flores, con semejantes ideas,

¿cómo sirve usted en el ejército y en un tiempo como éste en que la República anda de capa caída?

—Tengo fe y sé que sobreviviré a la guerra, aunque presiento que seremos muy pocos. El camino así se hace muy corto y yo llegaré al fin.

—Veo que el patriotismo entra muy poco en sus propósitos.

—Es cuestión de temperamento; para unos es la gloria, para otros es el platonismo, para mí es la ambición. Mi ambición busca todos los goces: el orgullo, el poder, la riqueza, el amor y la gloria. Bueno, pero ya nos engolfamos en una conversación estrafalaria y noto que ya estoy siendo impertinente. Ahora hablemos de su prima, esa lindísima criatura. ¿Piensa conquistarla?

—No, me he dado cuenta de que usted le simpatiza y yo le repugno. Tiene el campo libre. Además, no sé si la amo. La impresión que me causa es extraña; hoy al verla platicar con usted sentí una especie de odio, pero me encanta mirarla.

—Usted la ama y ha sentido celos; pero yo he recogido demasiadas flores en el campo como para querer arrebatarle esa pequeña rosa. Enamórela pronto, porque no tardan en tocar a botasilla y lo que viene para nosotros no será precisamente una delicia.

Valle no se sentía a gusto con esta conversación. Le había levantado a su prima un altar en su corazón y sentía que Flores la trataba como a todas las víctimas de su lubricidad.

—No le diré nada —dijo Valle—. Esa joven no merece que dos militares como nosotros la hagan objeto de una distracción pasajera.

—Libérela de mí, porque no me atrevo a decirle que yo sí la seduciría. En otro caso, me consagraré a la deliciosa morena; ésa me seduce. Vamos, decídase usted.

—Está bien —dijo Fernando con resolución casi por salvar a Isabel—, me consagro a mi prima. Hágale la guerra a la hermosa de los ojos negros.

—Arreglado. Volveremos a la casa de su prima para buscar la forma de introducirme en la de Clemencia. Ya veremos quién se posiciona primero.

Y después de haber paseado por varias calles, llegaron por fin al cuartel. Fernando entró en su aposento pensativo y ceñudo.

12
Amor

Isabel, en cuanto estuvo sola, se puso a pensar en quien derramaba una nueva luz sobre su porvenir. La joven comenzó a hablarse a sí misma, resaltando las cualidades de Flores. Comparaba a sus adoradores antiguos con él, sin evitar encontrarlos inferiores. No, no había nadie igual a su nuevo amigo.

Sin embargo, sabía que tendría muchas rivales, mil mujeres que lo amaban y que él amaba. Y este pensamiento le hacía daño.

Procurando distraerse se sentó al piano. Pero rivalizaban en su mente la imagen de Flores con la de Clemencia. Le parecía que su amiga había mirado al militar más de lo natural; sabía que también había quedado fuertemente impresionada por él, aun cuando supiera disimular sus inclinaciones.

Y entonces pensaba en que era Clemencia quien podía subyugar a Enrique o, incluso, que su virtud peligraba.

Esa tarde recibió la visita de algunos amigos, con los que Isabel se mostró taciturna, callada; incluso pensaba: "Ninguno es como él". Los jóvenes se despidieron sin comprender el porqué de esa actitud, cuando antes se comportaba risueña, franca y comunicativa.

Y llegó la noche y con ella el insomnio y la visión de Clemencia con sonrisa de triunfo; por supuesto, el deseo de que llegara el día para volver a ver el rostro adorado. Había llegado para Isabel el momento de amar; los afectos que

antaño había cultivado, desaparecieron para herirla como con un rayo. Todavía no era una pasión, pero se le parecía, e Isabel rezaba para luchar contra aquello que la inundaba de forma inesperada.

Al día siguiente, Isabel estaba tan pálida y pensativa y con tal malestar, que su madre se preocupó. Ella intentó fingir una alegría que estaba lejos de sentir. Se sentó al piano y sólo logró arrancarle notas desordenadas, como sus pensamientos. Pensó en salir de paseo, pero se dio cuenta de que, si dejaba la casa, quizá Valle y Flores llegarían y no la encontrarían. Ésos eran sus pensamientos cuando, al dar las cuatro, la voz armoniosa de Enrique sonó en los corredores. El corazón de Isabel palpitó apresurado cuando, al mirar hacia la puerta, aparecieron los dos oficiales.

13
Celos

Fernando notó con asombro la impresión que causaba en su prima la llegada de él y de su amigo. Se hallaba turbada visiblemente.

Después de saludarlos a ambos con la palidez en el rostro, lo que los oficiales no tuvieron menos que notar, salió en busca de su madre. Flores, fiel a lo hablado con Valle, se puso a platicar con la madre de Isabel, Mariana.

Mariana estaba encantada. Flores se dedicó a hablarle de las últimas novedades de la mejor sociedad de México, con quienes ella había convivido cuando vivió ahí. A cada rato interrumpía la pobre conversación de Valle para decir: "¿Oyes esto, Isabel?". Y, por supuesto, terminaba captando la atención de ambas.

A Isabel, Flores le pareció aún más interesante que el día anterior, y no reparó en que su primo se encontraba triste, pálido y sombrío. Finalmente se quedó en silencio, intentando disimular con aire de distracción la punzada que hería su corazón.

De repente, un carruaje se detuvo en la puerta. Clemencia había llegado.

—Me alegro mucho de verles por aquí —les dijo a los oficiales—. Ayer no tuve oportunidad de preguntarles acerca de mis amistades de México y de otras cosas que, a los que vivimos tan lejos, nos interesan sobremanera.

—Precisamente el señor Flores —dijo Mariana— me ha contado cosas de la capital que me han encantado. ¡Qué talento el suyo para conversar!

—Así es, señorita —le dijo Flores a Clemencia—, conozco a todo el mundo y poseo un gran caudal de noticias que sólo se conservan en la memoria de los iniciados en ciertos círculos, como yo.

La conversación se hizo general y Enrique mostró, a quienes lo escuchaban, lo numeroso y distinguido de sus relaciones en México. Las tres mujeres estaban fascinadas. Fernando, mientras, olvidado...

—Me han hablado —dijo Clemencia— de lo talentoso que es en el piano. Se ve que no es usted soldado de profesión, sino un artista. Seguramente tomó las armas sólo para defender a su patria. ¿No es así?

—Es verdad, señorita. Fernando sí que es soldado de profesión, y ha sabido elevarse sirviendo a la patria. Comenzó así, cargando el fusil.

—Me parece extraño que un joven del nacimiento de usted, hijo mío, haya comenzado como soldado raso... —dijo Mariana.

—Mariana, no sea indiscreta. Volvamos a lo del piano, que se nos olvida. Ha de saber, Flores, que Isabel es un verdadero talento en el piano. Conoce la música de manera admirable y su fuerza al interpretar es difícil encontrar en estos lugares.

—¡Clemencia! —dijo Isabel, ruborizada— Tú tendrás la culpa de que el señor vaya a encontrarme tremendamente torpe.

—Yo toco también —dijo Clemencia—, pero nada se compara con el talento de Isabel. Tocaré primero yo, luego ella y espero que usted nos confundirá a las dos; pero seremos las primeras en ofrecer flores al vencedor.

Y la hermosa morena se levantó cimbrándose como un junco y se sentó al piano. El piano expresaba los arrebatos furiosos de la pasión bajo aquellas manos de diosa. Enrique, por su parte, se sentía subyugado, dominado.

Mientras esto ocurría, Isabel se ruborizaba y temblaba ligeramente bajo el influjo de los celos. Cada vez que Clemencia miraba a Enrique al momento que interpretaba, Isabel apretaba el brazo del sillón subyugada por los celos. Incluso algunas lágrimas asomaban en sus ojos.

Valle no dudó ya que Isabel amaba a Enrique. Se sintió tentado a refugiarse en los deberes de soldado y salir de ahí. Era el olvidado, a quien ni una frase amable se le había dedicado. Se volteó a mirar por la ventana la hermosura del paisaje, el cielo, el sol, y una lágrima surcó su mejilla. En la casa todo giraba en torno a la música y la alegría.

Clemencia dejó de tocar, y Flores condujo a Isabel hacia el piano. Era su turno, ya repuesta del aguijón de los celos.

14
Revelación

Entre todas las partituras, Isabel buscó una que interpretara el estado de su corazón; la melancolía y la ternura.

Enrique quedó impresionado. Isabel era una artista que realmente hubiera brillado en los mejores salones de Europa.

La bella joven no lanzaba ardientes miradas de amor ni sonrisas como Clemencia. Parecía inmersa en los abismos de la meditación. Enrique estaba entusiasmado. Devoraba con los ojos a la artista que parecía transformada interpretando la música de manera prodigiosa, celestial. De pronto, no pudo más y le dijo:

—Después de esto, adorar a usted.

Isabel se turbó, se puso encendida, sus manos temblaron y la pieza se interrumpió con brusquedad.

—¿Qué te ocurre? —dijo Mariana—. Esta música te fatiga demasiado.

—Sólo han sido algunas indicaciones que me dio Flores.

—Espero no haberla ofendido —dijo Flores inclinándose. Valle comprendió todo.

Al concluir la melodía, Flores condujo a Isabel a su asiento, al que llegó casi desfallecida.

—Esa música —dijo Flores— coloca a esta niña en los grandes santuarios del arte.

—Yo no soy más que una provinciana. Usted ha estado en México y en Europa y lo que dice no es más que para estimularme.

—Pregunte a Fernando, que, aunque no es músico, tiene un gran talento y una exquisita sensibilidad.

—Soy profano en música, pero sé sentir y admirar —dijo Valle—. Estas dos señoritas conocen el secreto de conmover el corazón.

—Le he visto a usted, cuando Isabel tocaba, enjugarse una lágrima —le dijo Clemencia a Valle—. Quizá ha recordado a una amiga de México. Le confieso que me encantaría conocer su vida. En ella debe esconderse algún misterio del corazón que es la causa de esa tristeza profunda que manifiesta en todo. Usted ha amado, sin duda.

—No, nunca.

—Ya hablaremos de eso. Ahora es turno de Flores.

—Qué contrariedad. Son las seis de la tarde y a las seis con treinta tenemos una junta a la que ni Fernando ni yo podemos faltar. Les prometo que, aunque mi forma de interpretar no se compara con la de ustedes, mañana tendré mucho gusto en hacerles conocer mis decantados talentos.

—Muy bien —dijo Clemencia—, mañana la *soirée* será en mi casa, donde tendré el gusto de presentarles a mis padres y a algunas otras personas. Fernando, supongo que acompañará a su amigo y ahí hablaremos...

Al despedirse, se notaba ya el entendimiento amoroso entre Isabel y Enrique. Clemencia se acercó a Fernando con una mirada llena de promesas; el corazón del joven palpitó, como cuando la conoció.

Ya en la calle, el libertino le dijo a su amigo:

—Nos habíamos equivocado, chico. Creí que podría ser indiferente ante la prima de usted y que Clemencia podría atraerme más, porque esas naturalezas enérgicas me pertenecen de derecho. Sin embargo, creo que amo a Isabel, al menos siento algún cariño por ella; pienso que usted nunca podría hacerse amar de su prima, y me parece que Clemencia se le insinúa de alguna forma.

—Pero el caso es que no creo poder amarla. A mí la que me inspira un ardiente cariño es Isabel.

—Sí, lo sé, pero es que no se ha fijado bien en Clemencia. Su naturaleza casta, soñadora y triste se encuentra de pronto a las puertas del paraíso con semejante belleza. Usted no puede amar a su prima en tres días y debe olvidarla porque yo soy el afortunado que ha logrado inspirarle simpatía. Yo amaré a Isabel, y usted tomará el camino que le abre ya el carácter impetuoso de esa mujer irresistible. ¿Acepta?

—Sería yo un insensato si siguiera luchando por el amor de quien no me ama y aunque sé que Clemencia no lo hará tampoco, al menos no me despreciará.

Los jóvenes llegaron a su cuartel y se ocuparon de su junta. Esa noche Valle soñó con Clemencia y no dejaba de pensar en la confianza con la que fue llamado "Fernando", y en las posibles insinuaciones que había en ese "Hasta mañana"...

Así se presentan los primeros amores, con la misma facilidad que las nubecillas en las mañanas de la primavera.

15
Un salón en Guadalajara

Vayamos ahora, de noche, a la calle más opulenta de Guadalajara. A la de San Francisco. Justo ahí vive la gente más rica de la ciudad.

Árboles frutales, una graciosa fuente, un piso deliciosamente empedrado, macetas de porcelana donde habitan hermosas flores, jaulas con diversos pájaros, peceras de cristal, surtidores de alabastro, revelan la opulencia y el buen gusto.

Uno de los corredores conduce al salón, donde se respira el talento, el buen gusto y la elegancia. A este salón fue donde se dirigieron los dos oficiales.

—Me parece que vamos a tener una tarde y una noche deliciosas —dijo Flores—. Ésta no es la modestia de la casa de Isabel, aquí hay aristocracia. Fórmese usted una idea del carácter de su reina por su morada.

—Casi estoy arrepentido de haber venido.

—Pero usted, que ha nacido en una casa muy parecida a ésta.

—No crecí ahí. Casi estoy seguro de que me ruborizaría en el salón de mi madre.

Cuando Enrique y Fernando entraron ya se les esperaba, había ahí una concurrencia entre quienes se encontraba Isabel y su madre. Clemencia presentó a los oficiales ante sus padres. Se notaba que ya se les esperaba con ansiedad. La madre de Clemencia era una mujer hermosa y amable. Clemencia era la hija única de aquella familia.

Enrique fue recibido con gran amabilidad; Fernando con cierta frialdad. Éste se hubiera desmoralizado si Clemencia no le hubiera dicho:

—Ya lo esperaba con impaciencia. Las horas se me hacían siglos... ¿Vamos a platicar mucho, no es cierto? Dejaremos a los artistas lucir sus habilidades en el piano y nosotros cultivaremos nuestra amistad.

La conversación se animó, siendo el centro de atención Enrique. Sin embargo, al poco tiempo el piano ya lo esperaba.

Todo mundo convino en que era apenas superior a Isabel, y Enrique no pudo menos que confesarse inferior a la blonda hija de Guadalajara.

Mientras tanto, Clemencia le mostraba sus álbumes a Valle y éste, aunque se mostraba callado, casi desfallecía ante la voz de sirena de su interlocutora y las miradas que ésta le lanzaba. Sabía cómo seducir y tenía subyugado al pobre Fernando; pero no lograba sacarle los secretos de su vida.

—Se nota que ha sufrido usted mucho —dijo Clemencia—. Yo también... Aunque parezca que puedo ser feliz, mas la belleza, la juventud y la riqueza no lo son todo. Mi corazón jamás ha amado...

—Pero, señorita, ¿cómo podría creer que usted haya sufrido?

—Llámeme Clemencia. Es la primera vez que a alguien le otorgo esta confianza. Otros se la atribuyen.

—Clemencia, me enloquece usted...

—¿Por qué? —dijo con ojos inocentes—. ¿Le hago a usted mal?

En ese momento, el padre de Clemencia avisó que el té se había servido en la pieza inmediata. Clemencia invitó a Valle a sentarse junto a ella y él no cabía en sí de regocijo. Él le ofreció su brazo a la bella, que se apoyó con dejadez y confianza.

16
Frente a frente

De manera casual o intencional, Clemencia tomó asiento frente a Isabel y Enrique. Observó que ambos parecían entenderse ya perfectamente y se habían roto los diques de la confianza. Fernando también lo notó, pero como su corazón ardía ya con una nueva pasión apenas prestó atención. Además, Clemencia procuraba seguir encendiendo la llama con sus miradas y coqueterías. Fernando estaba perdido.

Cuando iba a servirle vino a Clemencia, ésta comentó, apretándole la mano:

—No tanto, no tanto, hoy perdería la cabeza fácilmente, porque la dicha la pone débil.

—¿Usted piensa igual, Isabel? —preguntó Flores.

—Sí. Hoy siento la cabeza débil.

Flores pagó esta respuesta con la más ardiente de las miradas. Fernando palideció porque notó una mirada de celos en Clemencia. Sin embargo, apenas tuvo tiempo de fijarse en esto porque la joven comentó:

—¿Ha visto usted mis flores, Fernando? Frente a la puerta de una de mis piezas hay una planta que cuido con esmero y que florece de tarde en tarde. Hoy en la mañana se ha abierto una flor hermosa. Quiero ofrecérsela para que la conserve como recuerdo mío.

—Yo me contentaría con unas cuantas violetas, tan humildes como yo. Una flor que ha sido tan cuidada merece ser obsequiada a la persona que usted ame.

—Está siendo injusto conmigo, Fernando. Considerar que ocupa usted el lugar de las violetas... Mire, si no acepta la flor que le he ofrecido, delante de usted arrancaré la planta, ya que me recuerda que he sido desdeñada e incomprendida.

Clemencia dijo esto en voz baja, pero con tal vehemencia y pasión que Fernando volvió a creer que era amado y no se acordó de la mirada celosa dirigida a Isabel. Ésta y Enrique escucharon todo.

Clemencia y Fernando salieron de la pieza a ver las flores. Fernando se dejó conducir como un niño.

17
La flor

Clemencia llevó a Fernando frente a un tibor japonés que se encontraba cerca de una pieza elegantísima, iluminada por una lámpara azul.

—Aquí está mi planta querida. No encontraría usted en Guadalajara otro ejemplar igual. Aunque se abre en la mañana, lo hace aún más por la noche y está más perfumada. Pues bien, ahora, va usted a guardarla.

—Es una lástima, niña.

—La rechaza de nuevo. ¡Arranco la planta!

—No, ¿cómo agradecerlo?

—Guárdela junto a su corazón, como una reliquia y un talismán; la da el cariño y la honrará el valor. Cuídela usted, Fernando.

Fernando la tomó, la llevó a sus labios y se la colocó en el ojal. Clemencia se quitó un pequeño alfiler de oro y clavó con él la flor. Aquella joven se encontraba tan cerca... Fernando sólo acertó a decir:

—¡Clemencia, piedad!

—Oh, he sido una loca, quizá lo he hecho romper algún juramento, profanado un recuerdo querido... —e inclinó la frente con tristeza.

—No, Clemencia, no, lo juro... Usted es el primer ángel que aparece en mi mundo tenebroso y maldito. Sus palabras han despertado en mí un sentimiento desconocido, aunque debo confesarle que me sentí juguete de un extraño capricho. Todo esto me parece un sueño. Ése es mi secreto.

Clemencia se estremeció, pero disimulando, replicó:

—¿Cómo pudo usted imaginarse que yo jugara? Sé perfectamente las diferencias que hay entre un hombre de corazón y de talento y un galán de oficio sin alma, que se va desgastando en galanteos pueriles. Pero ahí viene Flores, Fernando; aunque mañana esté marchita esta flor, la haré revivir con la savia de mi cariño.

Enrique se acercó entre envidioso y alegre.

—No nos prive de su presencia en el salón, Clemencia. Bailaremos. ¿Puedo contar con alguna pieza? Anticipo que querrá bailar con Fernando, pero él no baila nunca.

—En efecto, Clemencia, no sé bailar. Y anticipo que Enrique es un valseador terrible.

—Bien, cuente con la pieza.

—Gracias, hermosa niña. ¡Pero chico! ¿Qué flor tan linda es ésa que tienes en el ojal?

—Es la que le ofrecí, la más querida de mis flores. La que cuido como una favorita.

—¡Vaya! Y luego Valle me echa en cara mi felicidad.

—Pero la felicidad es para usted otra cosa —dijo Clemencia.

—Sí, la felicidad consiste en verla a usted.

Y condujo a Valle y a Clemencia al salón, donde ya resonaban las notas del piano y comenzaba el baile.

18
Clemencia

Terminó el baile. Enrique iba muy alegre; Fernando, taciturno.

Al despedirse, Clemencia le preguntó a su amiga si era feliz. Al responder ésta que sí, Clemencia dijo:

—Pues bien, linda mía, que el ángel del amor te cubra con sus alas, que sueñes hoy con el cielo.

Pero al despedirse de sus padres y quedarse sola en su habitación, Clemencia dejó salir su despecho. ¡No podía ser que Isabel la venciera! Sin embargo, también el remordimiento la atacaba: jugó con el corazón de Fernando.

Después de desvestirse con ayuda de una camarista, dejó caer su hermoso cabello sobre su espalda y su cuello, se reclinó con dolor y lastimosamente dijo:

—Enrique, Enrique, yo te amo... Pero tú me amarás también. Me amarás mucho. Lo prometo.

Aún estuvo despierta por algunos minutos, pero al poco tiempo, logró dormirse suspirando.

19
El porvenir

Fernando se la pasó analizando los sucesos recientes y no había duda: estaba enamorado. Sin embargo, sabía que en pocas horas el ejército saldría de Guadalajara y temía que, con ello, Clemencia encontrara pronto un nuevo amor. Esto era tanto más seguro porque Fernando sabía que no contaba con hermosas prendas para hacerse amar, Lo único era su superioridad moral, que no había tenido tiempo de mostrar del todo a su amada. Ni siquiera podría envanecerse con su heroísmo, ya que desde el sitio de Puebla no habían hecho más que replegarse.

El padre de Clemencia tenía demasiados intereses en Guadalajara como para pensar que dejaría esta ciudad. Por muy patriota que fuera no estaría obligado a aceptar los peligros ni los reveses de la campaña.

A cada uno de estos pensamientos Fernando sufría, porque sabía que lo que sentía ya no era una ilusión pasajera. No había remedio. Se hallaba entre sus deberes de soldado y sus esperanzas de amante.

Lo único que lo mantenía firme era que, conociendo el carácter romántico de Clemencia, quizá ella se aventuraría a serle fiel mientras la guerra terminaba. Eso lo mantendría a él buscando con mayor ahínco la victoria. Saber que un alma tendría la esperanza de verlo regresar victorioso. Como en los tiempos caballerescos en los que la amada animaba a su amado a lo lejos.

Se quedó con ese pensamiento, y besó la flor que Clemencia le había dado, como un talismán. ¡Qué terrible le hubiera parecido la vida si hubiese escuchado las palabras que el objeto de su amor pronunció antes de dormir!

20
Confidencias

Clemencia se encontraba pensativa y triste en su casa, cuando llegó su amiga Isabel y se precipitó en sus brazos. Con gran dicha le comunicó que Enrique le había dicho que la adoraba y que la guerra no sería un obstáculo para hacerla su esposa. Clemencia se mostró escéptica: ¿Cómo es que tan rápido se daba una palabra de matrimonio?, ¿acaso se podría confiar en un seductor como Fernando? Isabel se entristeció:

—Y yo que creí que iba a encontrar comprensión en ti. ¿Es que me aborreces?, ¿no quieres que yo le ame?, ¿por qué tanta sospecha?

—Amiga querida, si se tratara de Valle no sería tan suspicaz, pero tratándose de Flores todo es posible. Soy tu hermana, y me dolería que Flores, pensando en lo candorosas que suelen juzgarnos a las provincianas, te hiciera daño. Ama a Enrique, pero no le creas todo lo que dice ni le digas todo lo que sientes.

—Mi primo te ama locamente. ¿Tú le amas?

—Te parecerá una locura, pero creo que sí. Sin las ventajas de Enrique, tiene un noble corazón y el candor de un niño. Le regalé una flor, le di mi retrato y él trata estos obsequios como reliquias. ¿Por qué no habría de hacerme feliz el amor de un alma tan elevada? Tú me conoces, no he amado nunca porque soy exigente; busco fuerza, energía y sentimientos elevados. Pero, no te preocupes, sería preciso que un acto extraordinario de su parte me hiciera admirarle, sólo así le amaría. Soy capaz de amar a un pobre mártir que hubiese perecido en el cadalso, así como soy incapaz de amar a un triste mortal que sólo cuente con la hermosura de un adonis.

—¡Un prisionero en el cadalso es a quien tú amarías! De suerte que mi pobre primo tendría que hacerse atrapar por los franceses para merecer tu amor.

—Me atrae la desgracia, la desgracia que emana de un grande rasgo del corazón.

—Amor casi imposible, entonces.

—Muy difícil en verdad —dijo Clemencia, pensativa.

21
El amor de Enrique

Quince días después de la conversación anterior, Clemencia recibió un billete en el que Isabel le suplicaba que pasara a verla, pues estaba enferma.

Clemencia fue presurosa a casa de su amiga y la encontró en un estado lamentable. Luego de que Isabel vio a su amiga, se levantó y se abrazó a ella sollozando. Más que una enfermedad del cuerpo, la joven estaba enferma del alma.

—Enrique no me ama ni me ha amado nunca —le dijo a Clemencia—. Lo único que deseaba era mi deshonra, y aunque por dos semanas no he vivido más que para él, Dios me ha dado fuerza para conservar mi virtud. Desde hace días había estado insinuándose, hablando de que él amaría a la mujer que fuera capaz de sacrificarse por él. Ayer lo encontré triste y me dijo que, como estaban a punto de salir de Guadalajara, me pedía que huyese con él o que, al menos, le diera yo la prueba más grande de mi amor para así sentir que yo no lo olvidaría y que estaríamos casados ante Dios. Me asió en sus brazos, pensando que me había convencido. Sin embargo, yo levanté el rostro y le señalé la puerta, enfurecida. Enrique salió enojado. Era un libertino humillado, no un amante lastimado.

Yo estaba próxima a desfallecer, me dejé caer en un sillón abatida. Mi madre me encontró ya hirviendo en calentura. Me fui a mi recámara y ahí le di rienda suelta a mi dolor. ¡Nunca te enamores, Clemencia, si has de sufrir así!

—Hiciste muy bien, amiga mía —dijo Clemencia—. Ya te había dicho que tuvieras cuidado con un libertino como Flores. No te preocupes, es tu primer amor y por eso te sientes morir, pero esto pasará pronto. Aun cuando no podemos actuar en contra de nuestro corazón.

—Temo mucho que no sea así. Amo a Enrique cada momento más a pesar de todo.

En eso, entro Mariana y ambas se callaron.

—Clemencia, el amor de ese hombre funesto está matando a mi pequeña Isabel —dijo—. Se va, y ella no puede soportar esta pérdida.

—Nuestro cariño la hará olvidar pronto. Nosotras la consolaremos.

Y ambas abrazaron a Isabel y se soltaron a llorar también.

22
Otro poco de Historia

Los acontecimientos habían dado un giro. El general Uraga tomó la plaza de Morelia, ocupada por tropas mexicanas al mando del tristemente célebre Leonardo Márquez. A pesar de la bravura de estas tropas, el enemigo triunfó. Eran tiempos de adversidad.

Libre de estas tropas nuestras, el enemigo hizo avanzar sus legiones a los estados lejanos, y una división al mando de Bazaine, compuesta por franceses y tropas mexicanas que se les unieron, se dirigió a Guadalajara, adonde pensó llegar en enero de 1864.

El ejército de Bazaine ocupó Guadalajara sin combatir el 5 de enero de 1864.

23
La última Navidad

Las familias republicanas prefirieron salir antes que tener que convivir con el enemigo, por lo que huyeron a California o a San Francisco.

Enrique Flores y todos los jefes y oficiales del ejército (incluso Valle, cuya tristeza aumentaba cada día) decidieron pasar lo más ruidosamente posible sus últimos días de permanencia en Guadalajara. Estaba próxima la Navidad y deseaban disfrutarla con los seres amados a los que quizá ya no verían nunca. Después de estas fiestas, vendría la guerra.

A Clemencia se le ocurrió dar un gran baile. Los oficiales se pusieron locos de contento. Esa noche la casa de la joven parecía de cuento de hadas. En el centro del salón, se colocó el árbol de Navidad, que por esos tiempos no era común en México. En las ramas había colocado sus más queridas alhajas, pañuelos y pequeños juguetes para repartir entre sus invitados, como un recuerdo.

Después del reparto de los regalos, que se haría a la medianoche, se llevaría a cabo el baile de los amantes, en el que cada caballero debía elegir a su preferida y ellas a los dueños de su corazón. Por supuesto, Clemencia pensaba sólo en ella, pues Isabel había sido convidada y aun llevaba la tristeza en su semblante y en su alma.

El baile comenzó y Enrique invitó a Clemencia como su pareja. El corazón de Fernando dio un vuelco y se sintió herido

pues sospechó que ya había entendimiento entre ambos, aun cuando desconocía lo que había ocurrido entre su prima y Flores.

A las 12 todo el mundo se agrupó alrededor del árbol para recibir su regalo. Cuando le llegó el turno a Fernando, que tenía el número 13, Clemencia le miró con esos ojos que le provocaban temor y le dio un pañuelo que había sido bordado por ella y por Isabel. La joven le recomendó que lo usara para limpiar la sangre que podría derramar en batalla como forma de honrar el regalo. Él lo prometió así.

Todos se fueron al salón donde se servía la cena. Fernando se quedó junto a una cortina, casi invisible. Junto a él pasaron Enrique y Clemencia, quienes hablaban acerca de la suerte de Fernando: primero la flor y luego el pañuelo bordado. La joven, coqueta, le alargó a Enrique un retrato y un trozo de su cabello, lo que lo llenó de dicha.

Fernando, loco de celos, con el corazón como un volcán a punto de estallar, tomó la flor que llevaba envuelta en su pecho y la lanzó al suelo. Se quedó ahí sentado, sintiéndose burlado. Pero Clemencia vino a buscarlo acompañada de Enrique.

—¡Vamos, Valle! No se haga el romántico en una noche como ésta.

—Usted conténtese con ser feliz y déjeme en paz, señorita —le dijo a Clemencia—; este hombre me conoce y sabe que sé comportarme en ciertos lugares, pero mañana... Por lo pronto, le pido su permiso para retirarme. Dígales a todos que estoy enfermo, me conocen y saben que es cierto.

Fernando se retiró y Clemencia estaba asustada. Enrique había amenazado con matar a Fernando y ella sabía que era culpable. El vals de los amantes comenzaba y Clemencia no se sentía ya feliz. Temía por Fernando, por todo lo que había desatado. Ni sus súplicas podían convencer a Flores, aun amándola como decía que lo hacía, de que olvidara todo.

—¿Qué he hecho, Dios mío? ¿Qué he hecho?

24
El desafío

Al día siguiente, Fernando vino a buscarme para solicitar que fungiera como testigo en el lance que tendría con Enrique. Me puse a su disposición. Sería un duelo a muerte.

Cuando fui a ver a Flores me recibió con arrogancia, eligió como testigo a un amigo suyo de Guadalajara a quien citó una hora después.

Aún estaba hablando con Fernando cuando éste recibió un citatorio por parte del coronel. Valle lo tomó indignado porque Enrique le había contado del lance que tendrían:

—¿No sabe que nuestras leyes militares prohíben bajo severísimas penas el duelo? Se hará usted reo de un delito grave y estoy dispuesto a imponerle un castigo terrible si insiste en esta aberración. Si está tan ofendido, muéstrese más valiente que su contendiente, pero ante el enemigo. Así deben hacerse los desafíos en tiempo de guerra.

He ordenado a Flores que no acepte su reto, pero sí insisten, los haré fusilar. Por lo pronto, usted permanecerá arrestado hasta que salgamos de Guadalajara, que será en poco tiempo.

Valle entendió que su jefe tenía razón, pero estaba indignado porque Flores había ido a contárselo todo. Desesperado, me confesó que no le quedaba otra salida que el suicidio.

—Me extraña que usted tan juicioso no pueda dominar ese sentimiento de cólera —le dije—. Tiene el campo de batalla para cubrirse de gloria ante los ojos de su rival y de esa señorita. Los desafíos déjelos para quien lleva una vida ociosa y no tiene otro campo más hermoso donde demostrar el temple.

Así quedó arrestado Valle hasta la salida de Guadalajara, que se llevó a cabo el 2 de enero de 1864. Un día antes, Flores había recibido el despacho de teniente coronel, por recomendaciones de amigos que el comandante tenía en el cuartel general.

25
El carruaje

Las familias principales comenzaron a salir de Guadalajara desde el 3 de enero de 1864, pero esta noche, fría y nebulosa, del 5 de enero, vemos un carruaje tirado por seis mulas en dirección al pueblo de Zacoalco.

Se ve que el camino no ha sido sencillo. De pronto, el vehículo se detiene como por un obstáculo, el mozo les da un latigazo a las mulas y éstas intentan avanzar, pero sólo logran que el carruaje se voltee sobre uno de sus costados.

—¡Clemencia, hija mía! ¿Tú y tus amigas están bien? —dijo un caballero que iba detrás en un magnífico caballo.

Por fortuna no les ocurrió nada de consideración. Sólo al vehículo se le rompió una rueda. Las damas que iban dentro salieron a la orilla del camino. Lo único que quedaba era pedir un carruaje a Sayula, donde estaba el general Arteaga, o continuar en los caballos de los mozos, pero las damas se sentían imposibilitadas para hacerlo.

—Si nos hubiéramos quedado en Santa Ana no estaríamos pasando por esto —dijo el padre de Clemencia—, pero tu patriotismo de no quedar cerca de los franceses... Aunque claro, el amor se mezcla con este patriotismo. Sólo siento no poder salir de este atolladero.

Uno de los mozos se ofreció a ir a buscar un coche o un carpintero, y estar de vuelta en la madrugada. Mientras, los demás mozos armaron las camas de campaña para las señoras y quedaron como vigías junto con el padre de Clemencia, cuidándose de esas bandas de ladrones que suelen seguir a los ejércitos en retirada.

Pero sigamos al postillón, que corre camino a Zacoalco...

26
Bien por mal

En el camino, el postillón escuchó una tropa de caballería que se acercaba. Le dieron el "quien vive" y él explicó los motivos que lo conducían a ese lugar. Un sargento pidió que lo llevaran con el jefe.

El jefe, que no era otro que Valle, escuchó la narración del hombre, incluyendo lo mal que la estaba pasando Clemencia. Fernando dijo para sí:

—¡Pérfida! Cuánto le amo y cuánto mal me ha hecho. Devolvamos bien por mal...

Valle, seguido por el postillón, fue rumbo a Zacoalco en busca de un viejo capitán al que le pidió su vehículo para que la familia de Clemencia pudiera seguir su camino. El hombre aceptó. Fernando se llevó el coche y le dio algunas instrucciones al cochero, le ordenó que no aceptara gratificación alguna de la familia de Clemencia, y agregó tres onzas y un reloj de oro.

Salieron a escape, pero al llegar a la salida del pueblo, el caballo de Valle reventó. Fernando le solicitó al mozo su caballo y éste le dijo que pertenecía a su amo. Así, le dio 10 onzas por él.

Cuando se despidieron, Valle le dijo al postillón que el cochero tenía instrucciones de no recibir gratificación alguna y de volver por el capitán. El mozo dio las gracias en nombre de su amo.

Fernando siguió su camino, triste y desesperado.

27
Alter Tulit Honores

—No la veré, no podré verla. Que crea que es Enrique y será mejor —dijo Fernando.

Así, Valle le pidió a un mozo que lo guiaba que lo llevara por un atajo a la hacienda de Santa Ana. Éste lo condujo por una vereda hacia Santa Anita. Un pueblo cercano.

Ya amanecía cuando el padre de Clemencia creyó escuchar un carruaje. Un mozo vino a confirmárselo. Él, emocionado, despertó a la familia.

El postillón contó todo lo que había ocurrido y Clemencia no tuvo menos que decir:

—El oficial de quien habla es Flores. ¿Quién más podría ser capaz de tanta galantería?

—Es muy probable que sea él. ¿No viste cómo era? ¿Escuchaste si se llama Flores?

—Me parece que su nombre sí es Flores —dijo el postillón—. Es alto y monta muy bien a caballo.

—¿Y vamos a encontrarle?

—Yo creo que sí, porque viene para acá.

La familia se sentó en el carruaje y éste empezó a andar. A lo lejos, se veía una hilera de jinetes. Las señoras se asomaron.

—¡Ah, ingrato! —dijo Clemencia para sí—. No ha querido verme. Quizá temía por su corazón.

Isabel, a su vez, pensaba que, sabiendo que venía ella también, no había querido verla.

Y las dos jóvenes se ocultaron con los ojos llenos de lágrimas.

28
Prisión y regalos

El coronel del cuerpo de caballería al que pertenecían Valle y Flores había ascendido a general. Enrique, como ya sabemos, había ascendido también y entre sus decisiones estaba avanzar hacia la nueva línea de defensa, donde debía replegarse y avanzar hacia la nueva línea.

Flores pidió que su cuerpo fuese uno de los avanzados. Valle ignoraba que estaba por llegar Flores con el otro escuadrón. Cuando lo supo, quiso pedir su pase a otro cuerpo, pero pensando en las circunstancias en las que se hallaban se resignó a su suerte. Cuando Enrique llegó, se vio obligado a presentarse ante él y ponerse a sus órdenes, dándole parte de las novedades acaecidas.

Por supuesto, no faltó quien le contara a Flores que la noche anterior Valle había desaparecido por algunas horas. Enrique quiso sacar ventaja de esto pues Fernando le estorbaba para algunos planes. Así, esto le convenía de todo a todo a pesar de que ni por un momento pensó en que Valle estuviera actuando como traidor.

Dos días después, llegaba a Santa Anita la orden del cuartel general para prender al comandante Valle y remitirle con escolta a Zapotlán. Cuando Fernando leyó la orden no pudo evitar una sonrisa de desprecio y un movimiento de indignación. Procedió entonces a seguir las órdenes.

En el camino a Zapotlán encontró a algunos mozos que llevaban dos magníficos caballos y una mula con una caja.

Uno de los mozos le preguntó a Fernando por Flores y le informó que esos regalos venían de parte del padre de Clemencia.

Cuando Enrique recibió la carta que acompañaba los regalos, se sorprendió; pero comprendió al instante que quien había actuado así era Fernando. Temió, como era de suponerse, que la acusación de la que había hecho objeto a Valle cayese en falso, si se aclaraban los hechos. Sin embargo, le escribió una carta muy lacónica al padre de Clemencia y abrió la caja. Ahí había un botiquín, un escritorio de campaña y, por supuesto, un billete de Clemencia en el que le rogaba que no la olvidara, le explicaba que el escritorio era regalo de Isabel y le contaba que había salido de Guadalajara para poder tener noticias suyas de manera más expedita.

Flores temió por un instante que todo se aclarara y que él quedara como un mentiroso ante los ojos de Clemencia y Fernando como un héroe; sin embargo, pensó: "La fortuna es mi madre y la desgracia sigue a este muchacho como una sombra".

29
El traidor

Cuando Valle llegó frente al jefe del ejército del centro recibió la acusación de traidor. Explicó todo como en realidad había ocurrido y puso a reflexionar a su superior.

El general habló con su secretario intentando empatar las fechas en las que el señor R... había salido de Guadalajara. Flores había cumplido algunas encomiendas y Valle, lo que ya sabemos. No había duda, estaba explicada la conducta del comandante acusado. Sin embargo, como lo que hizo de cualquier forma no estuvo muy bien ante los ojos de sus superiores, fue arrestado.

Valle no había terminado de hablar. Narró a su superior cómo encontró a un enviado de Flores que tenía comunicación con el ejército enemigo. Incluso, le mostró el pliego que el correo de Enrique llevaba.

El general abrió el pliego dando muestras de una impaciencia extraordinaria y luego, con el rostro contraído por la cólera, se lo pasó a su secretario. Ahí estaba la prueba fehaciente de la traición de Flores.

El general liberó a Valle por sus servicios y mandó traer al sargento que Flores utilizaba para comunicarse con el enemigo. Éste no hizo sino confirmar lo que ya se sabía.

30
Proceso y sentencia

Al anochecer, un cuerpo de caballería llegó a Colima custodiando a tres o cuatro oficiales prisioneros. El jefe, un general, pasó a la casa del gobernador, habló con él y después volvió al cuartel, dejando a los presos incomunicados. Uno de ellos era, por supuesto, Enrique Flores.

Se buscó que fuera procesado en Colima. Esta ciudad se encontraba poblada por el general en jefe, oficiales y diversos emigrados de Guadalajara que no quisieron salir para San Francisco.

El general estaba impaciente por seguir la causa de Flores, que había negado lo que se le imputaba; aseguraba que todo se debía al odio de Valle. Pensaba salvarse gracias a las recomendaciones con las que contaba. Sin embargo, el Consejo decidió que se le fusilara.

Valle había llegado con el conjunto que venía custodiando a Flores y esto le molestaba, no porque pensara que lo que había hecho estaba mal, sino porque le dolía lo que estaría sintiendo Clemencia en esos momentos. Esto lo tenía cansado y deseaba que todo terminara lo antes posible para pedir su traslado a otro cuerpo. Para colmo, lo habían puesto a custodiar al reo, tomando en cuenta sus servicios.

No había forma de replicar. Sabían que nadie como él para tratarle con dureza.

Colima entera estaba devastada. Los amigos de Flores y la familia de Clemencia hacían esfuerzos para que la ejecución no se llevara a cabo. Clemencia, apasionada hasta la locura, obligó a su padre a buscar el indulto o al menos la suspensión de la muerte de Flores. Y ahí partió el anciano a ofrecer la mitad de su fortuna con tal de complacer a su hija. Tenía miedo de que ésta fuera capaz de darse muerte. Corrió con tal celeridad que, antes de las seis de la tarde, llegó al cuartel general.

31
En capilla

Clemencia estaba loca de dolor. Su exaltado patriotismo no podía creer que Enrique fuera un traidor. Quiso verlo, pero estaba incomunicado. Su furia aumentó cuando se enteró de que el causante de su prisión era Valle. Seguramente, como era su rival en amores, había urdido una terrible calumnia para perderle.   Si lo hubiese tenido frente a ella le hubiera gritado todo su desprecio. Tenía ganas de matarlo.

Isabel, por su parte, había sufrido por celos cuando conoció la pasión de su amiga hacia Enrique. Después se resignó, como hacen todas las almas débiles que no saben luchar. Sabía, además, que Enrique no lo amaba, que ella tampoco podía amarlo y, por si fuera poco, queriendo tanto a Clemencia, acabó por hermanarse con su pena.

Enrique contaba entonces con la protección de estos dos ángeles. Isabel se contentaba con rezar; Clemencia, llena de energía, contaba con su belleza, con el poder de su padre y con su fortuna.

Enrique le escribió una carta a Clemencia y otra a su padre ofreciendo su fortuna si le ayudaban. Les hablaba de su inocencia y de las viles maquinaciones de Fernando. Se mostraba tan angustiado, que la familia de Clemencia y la de Isabel decidieron hacer todo lo que estuviese en sus manos para salvarlo.

Transida de dolor como estaba, se dirigió a la prisión, donde le fue permitida la entrada porque recordemos que Valle era el encargado de la custodia de Flores.

Clemencia sólo sollozaba. Enrique le suplicó:

—Tráeme un veneno. No quiero exponerme a la afrenta pública. Pero tráemelo tú, porque estoy seguro de que no llegaría a mis manos si lo enviases con alguien.

Ella le aseguró que sí lo haría y salió de la prisión. Pero aún le faltaba algo para cumplir ese día. Solicitó hablar con Valle:

—Comenzó usted por serme indiferente, luego fastidioso, pero ahora no hay persona en este mundo a quien desprecie yo más que a usted —a Valle se le heló la sangre en las venas—. Sépase que amo a Enrique y que mártir lo amo aún más. Cree que mandándolo asesinar extinguirá su amor en el corazón. Se equivoca.

Fernando estaba a punto de desplomarse y se detuvo en la pared, desfallecido. Las dos mujeres salieron tambaleándose y se fueron rápidamente en su carruaje.

32
Antes de la ejecución

A las 11 de la noche Colima estaba en un profundo silencio, sólo interrumpido por los centinelas y los gritos melancólicos de los guardias nocturnos.

Enrique estaba lleno de terror; padecía la fiebre de los condenados a muerte que no tienen temple. No era valiente y ahora se notaba. Lo que es peor, no tenía creencias, no ambicionaba la gloria. Su muerte no tendría sentido alguno. Además, estaba abatido porque conocía su culpabilidad.

De pronto, escuchó pasos. Era Fernando.

—Vengo a salvarlo. Aun cuando es usted culpable, hay una mujer que lo ama y me gustaría verlo feliz con ella. Se pondrá mi traje y saldrá de aquí rumbo a casa de Clemencia, donde encontrará caballos. Que Dios le ayude.

—Sé que usted podría morir... Tiene un gran corazón, permítame que lo abrace; es usted mi salvador.

Cuando Enrique estuvo listo con el traje de Fernando, salió de la prisión con el corazón latiéndole fuertemente. Ambos rivales se despidieron.

La puerta se cerró y todo quedó en silencio. Fernando respiró dejando ir el peso que le había oprimido el corazón. Dos lágrimas rodaron por sus mejillas.

—Jamás pensé que moriría así.

33
Desengaño

Ni Clemencia ni Isabel dormían esa noche. Esperaban buenas noticias con impaciencia y sufrimiento. Las madres de ambas las acompañaban en esa noche de tormento.

De pronto, se escuchó llamar a la puerta con fuertes golpes. Era Flores.

Después de reponerse de la sorpresa, Enrique les contó la ayuda que le había proporcionado Fernando. Así, le pidió a Clemencia atavíos de paisano y dos caballos, y les anunció que iría a Guadalajara

—¿A Guadalajara? ¡Pero si ahí están los franceses!

—No debo disimular más. Los documentos que Fernando encontró eran verdaderos.

—¿Entonces es usted un traidor?

Enrique trató de convencerla de que ésta era sólo una palabra sin sentido alguno. Sin embargo, lo que más apremiaba era mudarse de traje y huir. Cuando todo estaba listo, Enrique se despidió de las mujeres, pero sólo recibió el desprecio de Clemencia.

—Quisiera morir esta noche, caballero, antes de haberme enterado de todo esto.

Enrique salió deprisa de la casa, tambaleándose, y Clemencia se dejó caer en una silla.

—¡Qué horrible es esto! Los sacrificios que le he pedido a mi anciano padre, las locuras que he hecho por Colima y todo por ayudar a un traidor al que no le importa que muera

en su lugar un hombre de corazón. Hemos ultrajado injustamente a Fernando y va a morir por nuestra crueldad.

Y Clemencia rompió a llorar, desesperada. Isabel también lo hacía en silencio.

—Soy yo quien va a matar a ese joven —y se mesaba los cabellos presa de la desesperación.

34
Sacrificio inútil

Amanecía cuando se oyó un caballo en la calle. Era un mensajero con un recado del padre de Clemencia. La noticia era buena: había cedido la mitad de su fortuna al ejército, pero Enrique había sido indultado.

Horas después, cuando llegó el padre de Clemencia, su única preocupación era haber llegado a tiempo. Sin embargo, cuando su hija le narró la verdad de la inutilidad de su acción su alma se desgajó.

—Y en el cuartel general me he enterado de muchas más cosas. El hombre que nos proporcionó el carruaje no fue Enrique, sino Fernando. Esa noche murió su caballo a consecuencia del esfuerzo de ir a buscarlo, y compró el mío con algunas onzas de oro y un reloj, que he visto con mis propios ojos pues me encontré con el cochero. De modo que le tributamos al traidor y perdí la mitad de mi fortuna para salvarlo. No obstante, nos queda la otra para ofrecerla por este muchacho tan valiente y tan noble. Me es imposible volver a Zapotlán pero escribiremos. Ustedes se quedarán pobres, pero sin remordimientos.

—Trabajaré como una obrera —dijo Clemencia— para salvar a Valle. Su vida será mi herencia.

35
El Salvador

—¿Saben ustedes lo que pasa? —dijo uno de los amigos de la familia—. A ese pobre joven lo fusilan sin remedio. En cuanto amaneció, hizo llamar a su general y le confesó que había tomado el lugar del reo. El general le preguntó si sabía lo que había hecho y él simplemente respondió que sabía lo que seguía y que entre más pronto, mejor.

Para tristeza de todos, el general en jefe decidió que Valle fuera fusilado. Por otra parte, el padre de Clemencia recibió una comunicación en la que se le devolvía lo que había pagado por la exoneración de Flores y se le decía que el ejército se contentaba con hacerle pagar a Valle lo que había hecho.

La familia del señor R... recuperaba su fortuna pero se perdía la vida de Fernando. El padre de Clemencia ofreció todo lo que tenía para salvarle, pero el comandante se negó.

36
La fatalidad

Eran las 10 de la noche cuando Valle me mandó llamar. Costó trabajo que me permitieran la entrada, pues los oficiales se habían vuelto desconfiados. Fernando me pidió mil disculpas; yo lloraba: esta situación me conmovía mucho por tratarse de la más sublime de las generosidades.

—Usted es la primera persona que se aflige por mi situación —me dijo—. Se lo agradezco mucho. Sin embargo, me alegra ser fusilado. Se acaba una lucha contra la fatalidad que me ha perseguido desde niño. Me he inclinado hacia el buen comportamiento y sólo he recibido dolor; en cambio, he visto cómo llega lo bueno para el malvado.

Sé que actué contra mi patria, pero no contra la mujer que he amado. Todo lo hice porque me engañó y creí ver en sus ojos que percibía mi corazón noble y leal. Por ella he hecho todo esto. He escrito una carta a mi padre en la que le hago saber que su hijo ha muerto. También quiero regalarle mi caballo y estas notas que he copiado de los cuentos de Hoffmann, parece que hablan de lo que siento.

—No le voy a ocultar que estoy triste, hubiera querido derramar mi sangre defendiendo a la patria.

Lo abracé y le dije:

—Usted merecía vivir y ser grande.

37
Bajo las palmas

Al día siguiente, a las siete de la mañana, un carruaje pasaba por debajo de las palmeras, entre la exuberante naturaleza. De pronto, se detuvo en el lugar donde estaba el cuadro de infantería formado. Se abrió la portezuela y bajo Fernando, tranquilo y con paso seguro y firme, conducido por un oficial.

También llegó otro carruaje, del que se bajaron Clemencia, sus amigas y su padre. Una noche anterior había deseado arrodillarse ante Fernando para pedirle perdón y decirle que acaso le amaba por su sacrificio. No había podido, deseaba hacerlo ahora abriéndose paso entre la multitud, que no lo permitía.

De pronto, se hizo el silencio y la gente le abrió el paso; sin embargo, faltaba una fila de soldados. Clemencia quedó frente a frente pero a lo lejos de Fernando y pudo ver su hermosura frente a la muerte. Quiso gritar, pero no pudo. Los cinco fusileros dispararon, se levantó una humareda y todo concluyó: Fernando había caído muerto.

El padre de Clemencia se acercó al cadáver y cortó algunos cabellos de Valle, luego, ya en casa, se los entregó a su hija, que los llenó de besos.

—¡Es a ti a quien debí haber amado!

La familia de Clemencia se encargó de darle sepultura a Fernando, como si de un héroe se tratase.

Epílogo

Los franceses eran dueños de Jalisco y Colima. Mis enfermedades me obligaron a llegar hasta México y utilicé esa situación para buscar a la familia de mi amigo. Cuando llegué a la casa encontré a las hermanas de Fernando viendo la parada militar encabezada por Enrique Flores que coqueteaba con ellas. Era día de fiesta pues era cumpleaños del dueño de la casa. Sin embargo, la diversión acabó rápido porque el padre había leído la carta y la madre se había desmayado. Aquella fiesta se convirtió en luto y dolor indecible.

En cuanto a Clemencia, se había convertido en hermana de la caridad. Era hermosa todavía.

—Poco me falta que sufrir; esto se va acabando pronto. Sólo me queda esto —y me mostró el relicario con los cabellos de Fernando—. Espero que él me haya perdonado desde el cielo.

Sus ojos se llenaron de lágrimas. Hace tiempo que partió para Francia.